I0674874

LABYRINTE

DE

VERSAILLES.

A PARIS,
DE L'IMPRIMERIE ROYALE.

M. DC. LXXVII.

DESCRIPTION
DU LABYRINTE
DE VERSAILLES.

ENtre tous les Bocages du petit Parc de Versailles, celuy qu'on nomme le Labyrinte, est sur tout recommandable par la nouveauté du dessein, & par le nombre & la diversité de ses Fontaines. Il est nommé Labyrinte, parce qu'il s'y trouve vne infinité de petites allées tellement mélées les vnes dans les autres, qu'il est presque impossible de ne s'y pas égarer: mais aussi afin que ceux qui s'y perdent, puissent se perdre agréablement, il n'y a point de détour qui

a ij

ne presente plusieurs Fontaines en mesme temps à la veüe, en sorte qu'à chaque pas on est surpris par quelque nouvel objet.

On a choisi pour sujet de ces Fontaines une partie des Fables d'Æsope, & elles sont si naïvement exprimées, qu'on ne peut rien voir de plus ingenieusement exécuté. Les animaux de bronze colorié selon le naturel, sont si bien désignez, qu'ils semblent estre dans l'action mesme qu'ils representent, d'autant plus que l'eau qu'ils jettent, imite en quelque sorte la parole que la Fable leur a donnée.

La differente disposition de chaque Fontaine fait aussi une diversité tres-agréable; & les couleurs brillantes des coquilles rares, & de la rocaille fine dont tous les baſſins ſont ornez, ſe mélent ſi heureuſement avec la verdure des paliſſades, qu'on ne ſe laſſe jamais d'admirer cette prodigieuſe quantité de Fontaines qui ſurprennent toutes par la ſingularité de l'invention, par la juſte expreſſion de ce qu'elles repreſentent, par la beauté des animaux dont elles ſont accompagnées, & par l'abondance de l'eau qu'elles jettent.

On a crû qu'il eſtoit à propos de faire une exacte deſcription de chaque Fontaine en particulier, pour accompagner les Eſtampes qu'on en a fait faire; & afin de faire connoître comment chaque Fable eſt fidellement repreſentée, on trouvera de ſuite par ordre une courte narration de la Fa-

ble, & une courte description de la
maniére dont la Fontaine est dispo-
sée.

En entrant, on trouve deux Figu-
res de bronze peintes au naturel, &
posées chacune sur un pied-d'estal de
rocaille : l'une représente Æsope ; l'autre l'Amour. Æsope tient un rou-
leau de papier, & montre l'Amour
qui tient un peloton de fil, comme
pour faire connoître que si ce Dieu
engage les hommes dans de fâcheux
labyrintes, il n'a pas moins le secret
de les en tirer lors qu'il est accompa-
gné de la sagesse, dont Æsope dans
ses Fables enseigne le chemin.

En suite on trouve les Fontaines
au nombre de quarante en l'ordre qui
suit. A chacune de ces Fontaines on

a pratiqué une place, où fur une lame de bronze peinte en noir il y a une Infcription de quatre Vers écrite en Lettres d'or. Ces Vers faits par Monfieur de Benferade, expliquent la Fable, & en tirent la moralité.

I. FABLE.

Le Duc & les Oifeaux.

UN jour le Duc fut tellement batu par les Oifeaux, à caufe de fon vilain chant, & de fon laid plumage, qu'il n'a depuis ofé fe montrer que la nuit.

UN *grand demy-Dome de treillage orné d'architecture, eft en dedans rempli de toute forte d'Oifeaux perchez fur des branches, qui jettent de l'eau en mille maniéres differentes fur le Duc qui eft en bas au milieu d'un baffin de rocaille. Les Oifeaux paroiffent tous*

.a iiij

*animez de colere, & le pauvre Duc semble
tout honteux de sa disgrace.*

II. FABLE.

Les Coqs & la Perdrix.

UNE Perdrix s'affligeoit fort d'estre
batuë par des Coqs; mais ayant veû
qu'ils se batoient eux-mesmes, elle se
consola.

ON voit la Perdrix sur un petit rocher
de rocaille, qui jette de l'eau en l'air; & aux
deux costez sur deux petits rochers plus élevez,
deux Coqs vomissent l'eau dans un bassin.

III. FABLE.

Le Coq & le Renard.

UN Renard prioit un Coq de des-
cendre pour se réjouïr ensemble de la
paix faite entre les Coqs & les Renards.
Volontiers, dit le Coq, quand deux

Levriers que je voy qui en apportent la
nouvelle, feront arrivez : le Renard re-
mit la réjouïſſance à une autre fois, &
s'enfuit.

LE Coq ſur un haut pillier de rocaille
& de verdure, vomit de l'eau contre le Re-
nard, qui en bas de dépit jette de l'eau contre
le Coq.

IV. FABLE.

Le Coq & le Diamant.

UN Coq ayant trouvé un Diamant,
dit : J'aimerois mieux avoir trouvé un
grain d'orge.

AU milieu d'un baſſin, le Coq qui tient
ſous ſa patte un gros morceau de criſtal taillé
en Diamant, jettant un long trait d'eau en
l'air, ſemble ſe plaindre au Ciel de n'avoir
pas plûtoſt trouvé un grain d'orge.

V. FABLE.

Le Chat pendu & les Rats.

UN Chat se pendit par les pattes, & faisant le mort, attrapa plusieurs Rats. Une autre fois il se couvrit de farine. Un vieux Rat luy dit: Quand tu serois le sac à la farine, je ne m'approcherois pas.

LE Chat pendu sur le haut d'une espece d'amortissement de rocaille, vomit de l'eau dans un bassin; les Rats autour jettent de l'eau contre luy, sans l'oser aborder.

VI. FABLE.

L'Aigle & le Renard.

UNE Aigle mangea les petits d'un Renard au pied de l'arbre où éstoit son nid, ne croyant pas qu'il pûst s'en vanger: mais le Renard ayant trouvé un

flambeau allumé, mit le feu à l'arbre,
& brûla les Aiglons.

*UN tronc d'arbre parfaitement bien imité,
porte un baſſin de bronze doré autour duquel
ſont des Aiglons: le Renard au pied du tronc
tient un flambeau allumé dans ſa gueule,
& du milieu du baſſin il ſort un jet.*

VII. FABLE.

Les Paons & le Geay.

LE Geay s'eſtant un jour paré des plumes de pluſieurs Paons, vouloit faire
comparaiſon avec eux: chacun reprit ſes
plumes, & le Geay ainſi dépouillé leur
ſervit de riſée.

*DEs deux coſtez d'un grand baſſin, huit
Paons placez ſur de petits rochers plus élevez
les uns que les autres, vomiſſent de l'eau ſur
le Geay. Au fond, ſur un autre rocher plus
élevé, un Paon, la queuë épanoüie, jette de
l'eau, qui tombe par nappes en caſcade dans le*

*baſſin. Au milieu de toute cette cheûte d'eau
on voit le pauvre Geay preſque tout dépouillé.*

VIII. FABLE.

Le Coc & le Coc-d'Inde.

UN Coc-d'Inde entra dans une cour
en faiſant la roûë. Un Coc s'en offen-
ſa, & courut le combatre, quoy qu'il
fuſt entré ſans deſſein de luy nuire.

*LE Coc-d'Inde faiſant la roûë, & le
Coc animé de colere, forment deux gros jets
au milieu d'un baſſin.*

IX. FABLE.

Le Paon & la Pie.

LES Oiſeaux élûrent le Paon pour leur
Roy, à cauſe de ſa beauté. Une Pie s'y
oppoſa, & leur dit qu'il falloit moins
regarder à la beauté qu'il avoit, qu'à la
vertu qu'il n'avoit pas.

*P*Lu*ſ*ieurs Oi*ſ*eaux des plus rares *ſ*ont placez *ſ*ur un amphiteatre de rocaille, *&* jettent de l'eau. Au fond e*ſt* le Paon jettant de l'eau, qui tombe par nappes en ca*ſ*cade dans le ba*ſſ*in. La Pie *ſ*ur un petit rocher *ſ*emble plaider *ſ*a cau*ſ*e, *&* jette de l'eau contre le Paon.

X. FABLE.

Le Dragon, l'Enclume, *&* la Lime.

UN Dragon vouloit ronger une En-clume. Une Lime luy dit : Tu te rom-pras plûto*ſt* les dents que de l'entamer ; je puis moy *ſ*eule avec les miennes te ronger toy-me*ſ*me, & tout ce qui e*ſt* icy.

*U*Ne e*ſ*pece de rocher *ſ*auvage repre*ſ*ente l'antre du Dragon, qui mordant l'Enclume, vomit de*ſſ*us un torrent d'eau.

XI. FABLE.

Le Singe & ses Petits.

UN Singe trouva un jour un de ses Petits si beau, qu'il l'étouffa à force de l'embrasser.

TRois Singes adossez soûtiennent une coquille ronde de bronze doré, sur le milieu de laquelle un Singe étreint dans ses bras un de ses Petits, qui jette un long trait d'eau en l'air.

XII. FABLE.

Le Combat des Animaux.

LEs Oiseaux eûrent guerre avec les Animaux terrestres. La Chauve-souris croyant les Oiseaux plus foibles, passa du costé de leurs ennemis, qui perdirent pourtant la bataille. Elle n'a depuis osé retourner avec les Oiseaux, & ne vole plus que la nuit.

*C*Ette Fontaine est dans un grand cabinet
de treillage de fer & de bois, couvert de ché-
vrefeuille, de roses, & autres fleurs. Il est
orné d'architecture, & finit en dome ouvert
par enhaut, avec une petite balustrade autour
de l'ouverture. La corniche & la voûte de ce
cabinet sont pleines d'Oiseaux de toutes les
especes, qui vomissent de l'eau en bas dans un
bassin de rocaille, du milieu duquel s'éleve un
rocher; & le long de ce rocher on voit monter
plusieurs Animaux à quatre pieds, qui jettent de l'eau contre les Oiseaux. Tout au tour
du cabinet, sur des rocailles, on voit encore
d'autres Animaux ; & dans quatre niches,
il y en a encore plusieurs qui jettent une telle
abondance d'eau, que cela represente naïvement une guerre. Mais ce qu'il y a sur tout
d'admirable, c'est le nombre infini d'Animaux
tous en differente attitude, & les uns & les
autres paroissent en colere, & animez au
combat. A l'entrée de ce cabinet, deux Singes plaisamment montez sur des Chévres,
jettent par surprise de l'eau par un cornet de
bronze doré.

XIII. FABLE.

Le Renard & la Gruë.

UN Renard ayant invité une Gruë à manger, ne luy servit dans un bassin fort plat que de la bouïllie, qu'il mangea toute luy seul.

SUr un petit rocher de rocaille on voit le Renard & la Gruë. Le Renard a le museau sur une soûcoupe de vermeil doré, où l'eau forme une nappe, & la Gruë fait un jet en l'air.

XIV. FABLE.

La Gruë & le Renard.

LA Gruë pria en suite le Renard, & luy servit aussi de la bouïllie, mais dans une bouteille, où faisant entrer son grand bec, elle la mangea toute seule.

◦⊙◦

Sur

SUr un petit rocher la Cicogne a son bec dans un vase de cristal que forme l'eau, & qui est garni de vermeil doré. Le Renard auprés jette de l'eau.

XV. FABLE.

La Poule & les Poussins.

UNE Poule voyant approcher un Milan, fit entrer ses Petits dans une cage, & les garantit ainsi de leur ennemi.

DAns un demy-Dome de treillage orné d'Architecture, on voit les Poules qui jettent de l'eau. Les Petits sont enfermez dans une cage qui est formée par l'eau mesme, à travers de laquelle on les voit. Le Milan vomit de l'eau d'enhaut, où il paroist les aîles étenduës.

XVI. FABLE.

Le Paon & le Rossignol.

UN Paon se plaignoit à Junon de n'avoir pas le chant agréable comme le

b

Rossignol. Junon luy dit : Les Dieux partagent ainsi leurs dons; il te surpasse en la douceur du chant; tu le surpasses en la beauté du plumage.

LE Paon, la queuë épanouïe, élevé sur un petit rocher, vomit de l'eau dans un bassin. Plusieurs Rossignols en bas forment des jets en l'air.

XVII. FABLE.

Le Perroquet & le Singe.

UN Perroquet se vantoit de parler comme un homme. Et moy, dit le Singe, j'imite toutes ses actions. Pour en donner une marque, il mit la chemise d'un jeune Garçon qui se baignoit, & s'y empestra si bien, que le jeune Garçon le prit, & l'enchaisna.

DEux Perroquets élevez sur de petits rochers vomissent de l'eau en bas dans un bassin. Le Singe assis sur un tronc d'arbre, de-

seſperé de ſe voir embaraſſé dans une chemiſe,
leve la teſte, & forme un gros jet.

XVIII. FABLE.

Le Singe Juge.

UN Loup & un Renard plaidoient
l'un contre l'autre pour une affaire fort
embrouïllée. Le Singe qu'ils avoient pris
pour Juge, les condamna tous deux à
l'amende, diſant qu'il ne pouvoit faire
mal de condamner deux ſi méchantes
beſtes.

D'Un coſté du baſſin ſont les Renards,
& de l'autre les Loups, qui jettent de l'eau.
Au fonds, dans un fauteuil de rocaille, un
gros Singe gravement aſſis, & accoudé, vomit
de l'eau. A ſes deux coſtez deux Singes, l'un
la baguette à la main en forme d'Huiſſier,
l'autre écrivant comme un Greſſier, jettent de
l'eau, & rendent cette Fontaine fort diver-
tiſſante.

b ij

XIX. FABLE.

Le Rat & la Grenouïlle.

UNE Grenouïlle voulant noyer un Rat, luy proposa de le porter sur son dos par tout son marescage. Elle lia une de ses pattes à celle du Rat, non pas pour l'empescher de tomber comme elle disoit, mais pour l'entraîner au fond de l'eau. Un Milan voyant le Rat, fondit dessus, & l'enlevant enleva aussi la Grenouïlle, & les mangea tous deux.

LE Rat & la Grenouïlle liez ensemble,
& couchez dans le bassin, font chacun un jet.
Le Milan, en haut, les aîles étenduës, vomit
de l'eau sur eux.

XX. FABLE.

Le Liévre & la Tortuë.

UN Liévre s'étant moqué de la lenteur d'une Tortuë, de dépit elle le défia à la course. Le Liévre la voit partir, & la laisse si bien avancer, que quelques efforts qu'il fît en suite, elle toucha le but avant luy.

LE Liévre & la Tortuë jettent tous deux de l'eau en l'air, & il sort un torrent d'eau d'un rocher de rocaille, qui semble estre le terme de la course qu'ils ont entreprise.

XXI. FABLE.

Le Loup & la Gruë.

UN Loup pria une Gruë de luy oster avec son bec un os qu'il avoit dans la gorge. Elle le fit, & luy demanda récompense. N'est – ce pas assez, dit le Loup, de ne t'avoir pas mangée ?

DAns un rond d'eau, au milieu d'une allée, on voit le Loup & la Gruë. La Gruë a son bec dans la gueule du Loup, qui jette de l'eau en l'air avec abondance.

b iij

XXII. FABLE.

Le Milan & les Oiseaux.

UN Milan feignit de vouloir traiter les petits Oiseaux le jour de sa naissance, & les ayant receûs chez luy, les mangea tous.

Dans un bassin ovale, sur un petit rocher, est le Milan, qui jette de l'eau en l'air: plusieurs differents petits Oiseaux autour de luy forment une espece de gerbe.

XXIII. FABLE.

Le Singe Roy.

UN Singe fut élû Roy par les Animaux, pour avoir fait cent singeries avec la couronne qui avoit esté apportée pour couronner celuy qui seroit élû. Un Renard indigné de ce choix, dit au nouveau Roy qu'il vint prendre un tresor

qu'il avoit trouvé. Il y alla, & fut pris
à un trebuchet tendu, où le Renard difoit qu'eftoit le trefor.

*Au milieu d'une efpece de cabinet de
verdure, eft un baffin tout entouré de plufieurs
differens Animaux qui jettent de l'eau. Le
Singe au milieu affis, paroift fe joüer avec la
couronne, & fait un long jet en l'air. Le Renard à fon cofté femble fe moquer de luy.*

XXIV. FABLE.

Le Renard & le Bouc.

UN Bouc & un Renard defcendirent
dans un puits pour y boire; la difficulté
fut de s'en retirer. Le Renard propofa
au Bouc de fe tenir debout, qu'il mon-
teroit fur fes cornes, & qu'étant forti, il
luy aideroit. Quand il fut dehors, il fe
moqua du Bouc, & luy dit: Si tu avois
autant de fens que de barbe, tu ne ferois pas defcendu là fans fçavoir comment tu en fortirois.

ON *voit un puits de rocaille, duquel il fort une groſſe nappe d'eau. Le Bouc montre plaiſamment la teſte, & ſemble ſe plaindre du Renard, qui hors du puits vomit encore de l'eau ſur luy, pour l'inſulter.*

XXV. FABLE.

Le Conſeil des Rats.

LEs Rats tinrent conſeil, pour ſe garantir d'un Chat qui les deſoloit. L'un d'eux propoſa de luy pendre un grelot au col. L'avis fut loüé, mais la difficulté fut grande à mettre le grelot.

AUtour d'un petit baſſin exagone ſont pluſieurs Rats aſſis, comme pour tenir conſeil, qui jettent de l'eau en l'air. Un plus gros que les autres, au milieu du baſſin, tenant un grelot en ſa patte, forme auſſi un gros jet.

XXVI. FABLE.

Les Grenoüilles & Jupiter.

LEs Grenoüilles demanderent un jour
un Roy à Jupiter, qui leur envoya une
Poutre. Les Grenoüilles se moquerent
de ce Roy immobile, & en demanderent un autre. Jupiter leur envoya une
Grüe, qui les mangea toutes.

SUr le derriére est la Grüe, qui tient une
Grenoüille dans son bec. Plusieurs Grenoüilles,
sur une petite Poutre de bronze, semblent, en
jettant de l'eau, demander un autre Roy.

XXVII. FABLE.

Le Singe & le Chat.

LE Singe voulant manger des marons
qui estoient dans le feu, se servit de la
patte du Chat pour les tirer.

Sur une coquille de bronze doré portée par des especes de consoles de mesme métail, paroist un brazier, duquel il sort un gros jet. Le Singe, en riant, tire la patte au Chat, qui semble s'en défendre.

XXVIII. FABLE.

Le Renard & les Raisins.

Un Renard ne pouvant atteindre aux Raisins d'une treille, dît qu'ils n'étoient pas meûrs, & qu'il n'en vouloit point.

D'Une treille qui entoure une maniére de Grotte rustique à jour, il pend de belles grappes de Raisin. Plusieurs Renards, en differentes postures, jettent de l'eau; & du fonds, & des costez de cette Grotte il sort des jets, dont l'eau forme des nappes, qui retombent ensuite dans le bassin.

XXIX. FABLE.

L'Aigle, le Lapin, & l'Escarbot.

L'AIGLE poursuivant un Lapin, fut priée par un Escarbot de luy donner la vie. Elle n'en voulut rien faire, & mangea le Lapin. L'Escarbot, par vengeance, cassa deux années de suite les œufs de l'Aigle, qui enfin alla pondre sur la robbe de Jupiter. L'Escarbot y fit tomber son ordure. Jupiter voulant la secoüer, jetta les œufs de l'Aigle, & les cassa.

L'Aigle est élevée sur un petit rocher, & vomit de l'eau par son bec. Le Lapin & l'Escarbot en bas forment deux jets.

XXX. FABLE.

Le Loup & le Porc-Epic.

UN Loup vouloit persuader à un Porc-Epic de se défaire de ses piquans, & qu'il

en feroit bien plus beau. Je le croy, dit
le Porc - Epic; mais ces piquans fervent
à me deffendre.

C'Eſt une maniere de Grotte ruſtique, où,
dans des niches à jour, il y a des Porcs-Epics,
dont les piquans font ingenieuſement formez
par l'eau. Aux deux coſtez on voit des Loups
qui vomiſſent de l'eau dans le baſſin.

XXXI. FABLE.

Le Serpent à pluſieurs teſtes.

DEux Serpens, l'un à pluſieurs teſtes,
l'autre à pluſieurs queuës, diſputoient de
leurs avantages. Ils furent pourſuivis. Celuy à pluſieurs queuës ſe ſauva au travers des brouſſailles, toutes les queuës
ſuivant aiſément la teſte. L'autre y de-
meura, parce que les unes de ſes teſtes
allant à droite, les autres à gauche, elles trouverent des branches qui les ar-
reſterent.

LE Serpent à plusieurs testes est au milieu d'un bassin. Chaque teste forme un jet d'eau. Celuy à plusieurs queuës plus élevé, fait un gros jet en l'air.

XXXII. FABLE.

La Souris, le Chat, & le petit Coc.

UNE Souris ayant rencontré un Chat & un petit Coc, vouloit faire amitié avec le Chat; mais elle fut effarouchée par le Coc, qui vint à chanter. Elle s'en plaignit à sa mere, qui luy dit: Apprend que cet animal, qui est si doux, ne cherche qu'à nous manger, & que l'autre ne nous fera jamais de mal.

LE petit Coc au milieu, le Chat & la Souris aux deux costez, forment trois jets.

XXXIII. FABLE.

Le Milan & les Colombes.

LEs Colombes pourfuivies par le Milan, demanderent fecours à l'Efpervier, qui leur fit plus de mal que le Milan mefme.

DAns un cabinet de treillage orné d'Architecture, eft un baffin rond, au milieu duquel le Milan avec des Colombes qu'il tient fous fes ferres, forme une efpece de Gerbe tout autour de la corniche du Cabinet. Il y a plufieurs autres Colombes, qui jettent de longs traits d'eau dans le baffin; & l'Efpervier paroift en l'air, comme pour les défendre.

XXXIV. FABLE.

Le Dauphin & le Singe.

UN Singe dans un naufrage fauta fur un Dauphin, qui le receût, le prenant

pour un homme. Mais luy ayant de-
mandé s'il visitoit souvent le Pirée, qui
est un Port de mer; & le Singe ayant
répondu qu'il estoit de ses amis, il con-
nut qu'il ne portoit qu'une beste, & le
noya.

*Au milieu d'un bassin quarré le Singe
transi de peur, est monté sur le Dauphin, qui
forme un beau jet.*

XXXV. FABLE.

Le Renard & le Corbeau.

UN Renard voyant un fromage dans
le bec d'un Corbeau, se mit à loüer son
chant. Le Corbeau voulut chanter, &
laissa choir son fromage, que le Renard
mangea.

*LE Corbeau perché sur des branches vo-
mit de colere de l'eau contre le Renard, qui
tenant le fromage, semble, en jettant de l'eau,
se moquer de luy.*

XXXVI. FABLE.

Le Cigne & la Gruë.

LA Gruë demanda à un Cigne pour-
quoy il chantoit. C'eſt que je vais mourir, répondit le Cigne, & mettre fin à
tous mes maux.

*DU bec du Cigne & de celuy de la Gruë
il ſort deux beaux jets d'eau.*

XXXVII. FABLE.

Le Loup & la Teſte.

UN Loup voyant une belle teſte chez
un Sculpteur, diſoit: Elle eſt belle; mais
le principal luy manque, l'eſprit, & le
jugement.

*AU milieu d'un baſſin rond le Loup te-
nant une Teſte de marbre ſous ſa patte, forme un gros jet d'eau.*

XXXVIII.

XXXVIII. FABLE.

Le Serpent & le Porc-Epic.

UN Serpent retira dans fa caverne un Porc-Epic, qui s'eftant familiarifé, fe mit à le piquer. Il le pria de fe loger ailleurs. Si je t'incommode, dit le Porc-Epic, tu peux toy-mefme chercher un autre logement.

LE Porc-Epic, à l'entrée d'un petit rocher en maniére de caverne, jette de l'eau par tous les endroits de fon corps; ce qui imite tres-bien fes piquans: & le Serpent, au milieu d'un baffin, fait un jet d'eau.

XXXIX. FABLE.

Les Cánnes & le petit Barbet.

UN petit Barbet pourfuivoit de grandes Cannes à la nage. Elles luy dirent: Tu te tourmentes en vain; tu as bien la

force de nous faire fuïr, mais tu n'en
as pas assez pour nous prendre.

Dans un cabinet de treillage orné d'Architecture, plusieurs Cannes, en tournant avec rapidité au milieu d'un bassin, jettent de l'eau en l'air; & on entend le petit Barbet, qui aboye aprés, en les suivant.

⚜

On n'a pas prétendu pouvoir par ces courtes descriptions, peindre parfaitement la beauté & l'agrément de toutes ces Fontaines. On a voulu seulement en donner quelque idée à ceux qui ne les ont jamais veües : & parce que les differentes beautez de Versailles ne laissent pas le temps de les admirer toutes avec reflexion ; peuteſtre mesme que ceux qui ont veû le Labyrinte, seront bien-aises de s'en rafraischir la memoire, & de voir avec loisir ce qu'ils n'ont pû voir qu'en courant.

EXPLICATION

DU PLAN DU LABYRINTE.

A *L'Entrée du Labyrin-te.*

B *Figure d'Esope.*

C *Figure de l'Amour.*

1 *Le Duc & les Oiseaux.*

2 *Les Cocs & la Perdrix.*

3 *Le Coc & le Renard.*

4 *Le Coc & le Diamant.*

5 *Le Chat pendu & les Rats.*

6 *L'Aigle & le Renard.*

7 *Les Paons & le Geay.*

8 *Le Coc & le Coc-d'Inde.*

9 *Le Paon & la Pie.*

10 *Le Serpent & la Lime.*

11 *Le Singe & ses petits.*

12 *Le Combat des Animaux.*

13 *Le Renard & la Grüe.*

14 *La Grüe & le Renard.*

15 *La Poule & les Poussins.*

16 *Le Paon & le Rossignol.*

17 *Le Perroquet & le Singe.*

18 *Le Singe Juge.*

19 *Le Rat & la Grenouille.*

20 *Le Liévre & la Tortüe.*

21 *Le Loup & la Grüe.*

22 *Le Milan & les Oiseaux.*

23 *Le Singe Roy.*

24 *Le Renard & le Bouc.*

25 *Le Conseil des Rats.*

26 *Les Grenouïlles & Jupi-ter.*

27 *Le Singe & le Chat.*

28 *Le Renard & les Raisins.*

29 *L'Aigle, le Lapin, & l'Escarbot.*

30 *Le Loup & le Porc-Epic.*

31 *Le Serpent à plusieurs Te-stes.*

32 *La Souris, le Chat, & le petit Coc.*

33 *Le Milan & les Colom-bes.*

34 *Le Dauphin & le Singe.*

35 *Le Renard & le Corbeau.*

36 *Le Cigne & la Grüe.*

37 *Le Loup & la Teste.*

38 *Le Serpent & le Porc-Epic.*

39 *Les Cannes & le Bar-bet.*

PLAN DV
LABIRINTHE
DE VERSAILLES.

FABLE I.

LE DUC

ET

LES OISEAUX.

LEs Oiseaux en plein jour voyant
le Duc pareſtre,
Sur luy fondirent tous à ſon hideux
aſpec.
Quelque parfait qu'on puiſſe eſtre,
Qui n'a pas ſon coup de bec?

FABLE II.

LES COCS

ET

LA PERDRIX.

LA Perdrix bien batuë eut vn dépit extrefme

Que les Cocs peu galands la traitaffent
ainfi :

Depuis voyant qu'entr'eux ils en vfoient
de mefme,

Patience, dit - elle, ils fe battent auffi.

FABLE III.

LE COC

ET

LE RENARD.

L E Renard dit au Coc, vne paix
éternelle

Eſt concluë entre nous, deſcends: ouï,
deux Levriers

Viennent, répond le Coc, m'en dire
la nouvelle:

Le Renard n'oſa pas attendre les Cou-
riers.

FABLE IV.

LE COC

ET

LE DIAMANT.

LE Coc fur vn fumier grattoit, lors
qu'à fes yeux
Parut vn Diamant : helas, dit-il, qu'en
faire ?
Moy qui ne fuis point Lapidaire,
Un grain d'orge me convient mieux.

FABLE V.

LE CHAT PENDU

ET

LES RATS.

UN Chat faifoit le mort, & prit
beaucoup de Rats,

Puis il s'enfarina pour déguifer fa mine :

Quand mefme tu ferois le fac à la farine,

Dit vn des plus rufez, je n'approcherois pas.

FABLE VI.

L'AIGLE

ET

LE RENARD.

COMPERES & voifins affez mal
  affortis,

A la tentation tous deux ils fuccom-
berent,

Car l'Aigle du Renard enleva les petits,

Et le Renard mangea les Aiglons qui
tomberent.

FABLE VII.

L E S   P A O N S

E T

L E   G E A Y.

O SES-TU bien cacher tes plumes
     fous les noſtres,
Dirent les Paons au Geay rempli d'am-
     bition?
Qui s'éleve au deſſus de ſa condition
Se trouve bien ſouvent plus bas que
     tous les autres.

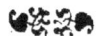

FABLE VIII.

LE COC

ET

LE COC-D'INDE.

DU Coc-d'Inde le Coc fut jaloux, & crût bien

Qu'il eſtoit ſon rival, mais il n'en eſtoit rien ;

Car il' faiſoit la rouë, & libre, & ſans affaire,

Pour avoir ſeulement le plaiſir de la faire.

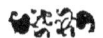

Le Clerc f.

FABLE IX.

LE PAON

ET

LA PIE.

LE Paon eſt élû Roy comme vn
fort bel Oiſeau,
La Pie en murmure, & s'irrite
Qu'on ait peu d'égard au merite.
Eſt-il ſeur qu'on ſoit bon parce que
l'on eſt beau?

FABLE X.

LE SERPENT

ET

LA LIME.

L E Serpent rongeoit la Lime,
Elle difoit cependant,
Quelle fureur vous anime,
Vous qui paffez pour prudent?

FABLE XI.

LE SINGE

ET

SES PETITS.

LE Singe fit mourir ses petits en effet,

Les serrant dans ses bras d'vne étrainte maudite.

A force d'applaudir soy - mesme à ce qu'on fait

L'on en étouffe le merite.

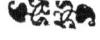

FABLE XII.

LE COMBAT

DES

ANIMAUX.

GUERRE des deux coftez fan-
glante, & meurtriére,
Dont pas vn ne voulut avoir le dé-
menty,
Mais la Chauve - Souris trahiffant fon
party,
N'ofa jamais depuis regarder la lu-
miére.

Le Clerc f.

FABLE XIII.

LE RENARD

ET

LA GRUË.

LE Renard voulut faire à la Gruë
    un feftin,
Le difné fut fervi fur vne plate affiéte;
Il mangea tout, chez luy comme ail-
    leurs le plus fin,
Elle de fon long bec attrapa quelque
    miéte.

Le Clere P

FABLE XIV.

LA GRUË

ET

LE RENARD.

L E Renard chez la Gruë alla pa-
reillement,

Un vafe étroit, & long fut mis fur
nape blanche,

De la langue le bec fe vengea pleine-
ment.

Eft-il pas naturel de prendre fa re-
vanche?

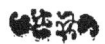

FABLE XV.

LA POULE

ET

LES POUSSINS.

L A Poule, du Milan connoiſſant
les deſſeins,
Sans ſonger qu'elle - meſme en eſtoit
pourſuivie,
Dans vne cage enferma ſes Pouſſins,
Et les mit en priſon pour leur ſauver
la vie.

Le Clerc.

FABLE XVI.

LE PAON

ET

LE ROSSIGNOL.

LE Paon dit à Junon, par ton di-
vin pouvoir,

Comme le Roſſignol que n'ay-je la
voix belle :

N'eſt-tu pas des Oiſeaux le plus beau,
luy dit-elle ?

Croy-tu que dans le monde on puiſſe
tout avoir ?

Le Clerc f

FABLE XVII.

LE PERROQUET

ET

LE SINGE.

L E Perroquet eût beau par son
    caquet
Imiter l'Homme, il fut vn Perro-
quet,
Et s'habillant en Homme, fous le
linge
Le Singe auffi ne paffa que pour
Singe.

FABLE XVIII.

LE SINGE

JUGE.

L E Renard en procés vint le Loup
   attaquer:
Le Singe comme Juge écouta leurs re-
   queſtes:
 Aprés il dit, je ne ſçaurois manquer
En condamnant deux ſi méchantes beſtes.

Le Clerc f.

FABLE XIX.

LE RAT

ET

LA GRENOUÏLLE.

LE Rat, & la Grenouïlle auprés
    d'vn marécage
S'entretenoient en leur langage,
Le Milan fond fur eux,
Et les mange tous deux.

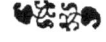

Le Clerc f.

FABLE XX.

LE LIÉVRE

ET

LA TORTUË.

L E Liévre & la Tortuë alloient
pour leur profit:

Qui croiroit que le Liévre eût demeu-
ré derriére?

Cependant je ne sçay comme cela se
fit,

Mais enfin la Tortuë arriva la pre-
miére.

FABLE XXI.

LE LOUP

ET

LA GRUË.

LA Gruë ayant tiré de la gorge du Loup

Un os de son long bec qui le preſſoit beaucoup:

Il n'a tenu qu'à moy de vous manger, Commere,

Luy dit le Loup ingrat, & c'eſt voſtre ſalaire.

FABLE XXII.

LE MILAN

ET

LES OISEAUX.

L E Milan vne fois voulut payer
   ſa feſte.

Tous les petits Oiſeaux par luy furent
 priez ;

Et comme à bien diſner l'aſſiſtance
 eſtoit preſte,

Il ne fit qu'vn repas de tous les Con-
 viez.

FABLE XXIII.

LE SINGE

ROY.

LE Singe fut fait Roy des autres
    Animaux,

Parce que devant eux il faifoit mille
fauts :

Il donna dans le piége ainfi qu'vne autre Befte,

Et le Renard luy dit, Sire, il faut de
la tefte.

FABLE XXIV.

LE RENARD

ET

LE BOUC.

TOUs deux au fond d'vn Puits
    taciturnes, & mornes
De s'affifter l'vn l'autre avoient pris le
    parti :
Le Renard pour fortir fe hauffant fur
    fes cornes,
Fit les cornes au Bouc áprés qu'il fut
    forti.

Le Clerc.

FABLE XXV.

LE CONSEIL

DES RATS.

LE Chat eſtant des Rats l'adverſai-
　　re implacable,

Pour s'en donner de garde, vn d'en-
　　tr'eux propoſa

De luy mettre vn grelot au coû, nul
　　ne l'oſa :

De quoy ſert vn conſeil qui n'eſt point
　　pratiquable?

La Clerc

FABLE XXVI.

LES GRENOUÏLLES

E T

J U P I T E R.

UNE Poutre pour Roy faifoit peu
    de befogne,
Les Grenouïlles tout haut en murmu-
    roient déja:
Jupiter à la place y mit vne Cigogne;
Ce fut encore pis, car elle les mangea.

FABLE XXVII.

LE SINGE

ET

LE CHAT.

DU Singe icy l'adreſſe éclate,
Mais celle du Chat paroiſt peu,
Quand il donne à l'autre ſa pate
Pour tirer les marons du feu.

28

27

FABLE XXVIII.

LE RENARD

ET

LES RAISINS.

Es plaifis coûtent cher, & qui
les a tout purs?
De gros Raifins pendoient, ils eftoient
beaux à peindre,
Et le Renard n'y pouvant pas atteindre,
Ils ne font pas, dit-il, encore meurs.

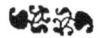

Le Clerc f.

FABLE XXIX.

L'AIGLE,

LE LAPIN

ET L'ESCARBOT.

L'AIGLE prit le Lapin, l'Escarbot son compere
Interceda pour luy touché de sa misere,
L'Aigle ne laissa pas pourtant de le
manger,
L'autre cassa ses œufs, afin de s'en ven-
ger.

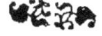

Le Clerc f.

FABLE XXX.

LE LOUP

ET

LE PORC-EPIC.

UN jour au Porc-Epic diſoit le
  Loup ſubtil,
Croyez-moy, quittez-là ces piquans,
 ils vous rendent
Deſagréable, & laid : Dieu m'en garde,
 dit-il,
S'ils ne me parent pas, au moins ils
 me défendent.

Le Clerc f.

FABLE XXXI.

LE SERPENT

A

PLUSIEURS TESTES.

PLURALITE' de Testes impor-
tune,

Un Serpent en eut sept, vn autre n'en
eut qu'vne,

Il passa, le premier eut de grands em-
baras :

Un Chef est absolu, plusieurs ne le
sont pas.

Le Clerc

FABLE XXXII.

LA SOURIS,

LE CHAT,

ET

LE PETIT COC.

A La vieille Souris difoit fa jeune
fille,
Je hay le petit Coc, j'aime le petit Chat.
Le Chat, répond fa mere, ah! c'eft vn
fcelerat,
Mais le Coc n'a point fait de mal à ta
famille.

FABLE XXXIII.

LE MILAN

ET

LES COLOMBES.

LEs Colombes en guerre avecque
le Milan

Veulent que l'Epervier à leur tefte de-
meure,

Mais leur condition n'en devient pas
meilleure,

Ayant vn adverfaire, & de plus vn ti-
ran.

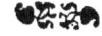

FABLE XXXIV.

LE DAUPHIN

ET

LE SINGE.

LE Dauphin fur fon dos portoit
le Singe à nage,
Et reconnut au premier mot
Qu'il n'eftoit pas vn homme, ou que
c'eftoit vn fot,
Ainfi ne voulut pas s'en charger davan-
tage.

FABLE XXXV.

LE RENARD

ET

LE CORBEAU.

LE Renard du Corbeau loüa tant
  le ramage,
Et trouva que fa voix avoit vn fon fi
beau,
Qu'enfin il fit chanter le malheureux
Corbeau
Qui de fon bec ouvert laiffa choir vn
fromage.

Le Clerc F

FABLE XXXVI.

LE CIGNE

ET

LA GRUË.

LA Gruë interrogeoit le Cigne
    dont le chant
Bien plus qu'à l'ordinaire eſtoit doux
    & touchant,
Quelle bonne nouvelle avez-vous donc
    receûë ?
C'eſt que je vay mourir, dit le Cigne
    à la Gruë.

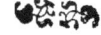

Le Clerc f.

FABLE XXXVII.

LE LOUP

ET

LA TESTE.

UN Loup non sans merveille entra chez vn Sculpteur,

Il n'y va pas souvent vne pareille
Beste :

Voyant vne Statuë, il dit, La belle
Teste !

Mais pour de la cervelle au dedans, ser-
viteur.

Le Clerc

E. 8

FABLE XXXVIII.

LE SERPENT

ET

LE PORC-EPIC.

L E Serpent trop civil par vne gra-
ce extrefme

Reçoit le Porc-Epic, aprés il s'en repent.

Sortez d'icy, dit le Serpent :

L'autre comme vn ingrat, Sortez d'icy

vous - mefme.

Le Clerc f.

FABLE XXXXIX.

LES CANNES

ET

LE BARBET.

CE Barbet en veut à ces Cannes,
Mais par elles il eſt inſtruit
Qu'il eſt par fois des vœux auſſi vains
que profanes,
Et qu'on ne force pas toûjours ce qu'on
pourſuit.

TABLE
DES FABLES.

FABLE   I. *LE Duc & les Oi-
*   *seaux.*   page 2

FABLE   II. *Les Cocs & la Perdrix.*

                 4

FABLE   III. *Le Coc & le Renard.* 6

FABLE   IV. *Le Coc & le Diamant.* 8

FABLE   V. *Le Chat pendu & les
*   *Rats.*   10

FABLE   VI. *L'Aigle & le Renard.* 12

FABLE VII. *Les Paons & le Geay.*

                14

FABLE VIII. *Le Coc & le Coc-d'In-
*   *de.*   16

FABLE   IX. *Le Paon & la Pie.*   18

FALBE   X. *Le Serpent & la Lime.*

                20

FABLE   XI. *Le Singe & ses petits.* 22

FABLE XII. *Le Combat des Animaux.*

                24

F

TABLE DES FABLES.

FABLE XIII. *Le Renard & la Grüe.* 26

FABLE XIV. *La Grüe & le Renard.* 28

FABLE XV. *La Poule & les Pouſſins.* 30

FABLE XVI. *Le Paon & le Roſſignol.* 32

FABLE XVII. *Le Perroquet & le Singe.* 34

FABLE XVIII. *Le Singe Juge.* 36

FABLE XIX. *Le Rat & la Grenoüille.* 38

FABLE XX. *Le Liévre & la Tortuë.* 40

FABLE XXI. *Le Loup & la Grüe.* 42

FABLE XXII. *Le Milan & les Oiſeaux.* 44

FABLE XXIII. *Le Singe Roy.* 46

FABLE XXIV. *Le Renard & le Bouc.* 48

FABLE XXV. *Le Conſeil des Rats.* 50

FABLE XXVI. *Les Grenoüilles & Jupiter.* 52

FABLE XXVII. *Le Singe & le Chat.* 54

FABLE XXVIII. *Le Renard & les Raiſins.* 56

TABLE DES FABLES.

FABLE XXIX. *L'Aigle, le Lapin,* *&* *l'Escarbot.* 58

FABLE XXX. *Le Loup & le Porc-Epic.* 60

FABLE XXXI. *Le Serpent à plusieurs testes.* 62

FABLE XXXII. *La Souris, le Chat, & le petit Coc.* 64

FABLE XXXIII. *Le Milan & les Colombes.* 66

FABLE XXXIV. *Le Dauphin & le Singe.* 68

FABLE XXXV. *Le Renard & le Corbeau.* 70

FABLE XXXVI. *Le Cigne & la Grüe.* 72

FABLE XXXVII. *Le Loup & la Teste.* 74

FABLE XXXVIII. *Le Serpent & le Porc-Epic.* 76

FALBE XXXIX. *Les Cannes & le Barbet.* 78

A PARIS,

DE L'IMPRIMERIE ROYALE,

PAR

SEBASTIEN MABRE-CRAMOISY,

Directeur de ladite Imprimerie.

M. DC. LXXVII.

www.ingramcontent.com/pod-product-compliance
Lightning Source LLC
Chambersburg PA
CBHW060824250626
47162CB00005B/1939